あと少しだけ

just a little more

福間健二

思潮社

あと少しだけ

目次

装幀＝清岡秀哉

未来

私たちを歩かせるもの。
それはいつのまにか来て
ドアをあけている。
たぶん十歳くらい
もう世界を見抜いている
スペインの田舎で会った
無表情なロマの少女をぼくは思う。
私たちを歩かせるもの。
黒い布や棒も使わずに入ってくる
情報だけの
世界の再生が
不完全に動物であるものを
眠らないエンジンにする。
たとえば、苦しみながら
それを認めたがらない牛を
歩かせるもの。

謎を隠そうとする
やさしい目との勝負だ。
状況なんかない。
いつも部分があるだけ。
状況なんかない。
誘惑と騒音だけ。
私たちは書く。
少女と牛を
百年の荒れ野の、言い訳の犠牲にして。
待つ時間
考える時間
人間にはあっても
世界にはない。
背中の装備
何が刺さらないようにそんなに影を多くするのか。
いつもちゃんとしているわけではない

交通機関を使って
働いて生きる
それだけでも簡単なことじゃないのに
探偵もする。ハムとチーズを
はさんだパンを大急ぎで食べて
それだとは決定できない影を尾行する。
大きな、明るすぎる設備の部屋で
報告して、収穫の足りないときは
創作をする。
書くのだ。
私たちは書く。
ラジオで聞く
別世界のできごと。
ウェールズやポルトガルのことではない。
鳥やけだもののことでもない。
そこでは、だれかが

薄暗がりで少しの快楽を手に入れ
だれかが午後七時か九時のニュースで指令を受け
だれかがなにか叩くものをもって
月明かりの夜の塔にのぼる。
機械と機械
盗みあっている。
楽しかったです
のひとことが足りない。
深夜、石の顔がやっと笑う。
くりかえされてはならない
できごとを思い出すのだろう。
ありがとう。
私たちは手紙を書く。
ありがとう。
私たちは何度もそれを言う。
手紙には書けないこと。十一月の雨。

生きる者と死者のどちらの耳にもしみとおる雨。
十一月、感謝祭をすぎて
徐々に形成される
どうでもいいことの数々。
壊れたラジオが急に音を出して
たとえば、二人のミクたち
苗字もMではじまって
陽気になるとフォークで
自分とは関係ないとしたい
青いおもかげを突き刺している。
バルセロナでもポルトでもマリボルでも
はげしく抗議したとは言えないだろう。
幸運をもたらすというボタンの穴や
リボンを留めるピンから
自由になること。それもできなくて
洗いたての白いシャツを着て

鉄にさわる。
嘘をつく死者たち
生きる者のためのその嘘が
内面だけしかない物語と和解する
周辺の空気をとおりぬけて
屈折する光線
カーディフ大学の図書館の
塗料のはげかかった鉄にさわる。
読者よ、私たちは何がわかっていないか。
Mではじまるものを雨に溶かして
いつまでも自分に出会えない探偵の夜の
交差する通路への
塔からの光。その色彩。
その錆びの種類。
なにもかもだ。
火曜日、東京。

キラリ、突き刺さるフォーク。
歩けない悪い足ではなく
自分じゃないだれかの目に。
少女と牛を犠牲にしながら
勇気という言葉を思い出す
同じ夢を見ている断片として
私たちは叫ぶが
エレベーターはこの階には停まらない。
血が出る。おたがいにそれに気づかない
進化した動物の鈍感さで
ふたつの真実がすれちがい
舞台への階段は
勝手に死者の嘘を思い出している。
夜には
自分が夜になって
未来には

未来になって進むのだ
と死者のひとりは言う。
この舞台の
だれがばかなのか。
だれも聞いていない。
自分の内側の
ラジオに降る雨にしか興味がない。
Mではじまるものなんか最初からいらないのだ。
マザー、も。蜜、も。向きあう、も。
目、も。もう一度、も。
いまが夜だからではなく
もう生きていないからでもなく
顔や平面への斜めの光と
結びつかないからでもなく
ぼくは夜だ。
冷えきった暗い青で

屋根と通りをつつみこむからでもなく
眠れない人間たちの
さまよう動機となる図形を
空に浮かびあがらせるからでもなく
揺れる歩き方の、質問する夜だ。
足をすべらせないように。壁に
血の跡をつけないように。何がとおるのか。
どういう顔に、どういう平面に
どういう変化がおこるのか。
雨と静けさ、中間状態、移行の合図。
苦しいのはおたがいさまでも
たった百年ほどのあいだに
何組みもの機械を故障させて
何を見つけるのか。
そうじゃない。
自分が見つかってしまうのだ。

そうじゃない。
ささやく影たちに自分を見つけさせるのだ。
ありがとう。
ぼくは書く。
ありがとう。
この生はつづく。
このドアのむこうの
朝に
空気に
地図に
健康な自分に
何を奪われるとしても。

トモハル

ぼくはきみのことを考えながら目をさました。
リスボン、フィゲイラ広場に面した安ホテルの部屋。
ベッドから出て、目の粗い布のカーテンをあけた。
朝の光。朝の音。だれか笑った。
ぼくのなかに閉じ込めたきみの「骨のナイフ」が逃げていく。
だれの手にこすられる。何に突きささった。

人々、乗り物、建物。老いも腐敗も隠さないもの。
この四階の窓から、ものすごく単純な映画を見ている。
道、空、そしてテージョ川。騒々しいスペインから流れてきて
静かなポルトガルで海に注ぐ。その海のずっと向こうは、
「言葉はかならず届く」と言ったきみ、きみの夢見たアメリカだ。
「言葉はかならず届く」。何が暴れるためだろう。

だれが暴れるためだろう。ヨーロッパの西の端の、ここで
この三月。いくつもの「わたしの場合」を坂道におき、

この三月、ここで。心を使わない詩人ペソアのように
自分を何重にも引き裂く。
それでも消えないこの世の光のなか、
もう苦しまないいきみの、美しい破片となった時間に追い抜かれて。

ヒースロー空港。三月十一日。
リスボン行きの飛行機を待ちながらその映像を見た。
だれかを愛することはもうけっしてない。でも、心が動いて、
旅の途中。腹が立つ。ばかでかい荷物をいくつもカートにのせて
子どもにはやりたい放題をさせる家族を見ているうちに。
いきなり来た。「言葉はかならず届く」。

トモハル、夜の新宿駅のホームから線路に転落して
電車に轢かれるきみの「凶暴な閃光」。
3.75 × 2 + 0.80 × 0.8 + 4.99　ポンドをつかいきるために
ビターを飲み、林檎二つと中学生ジェイミーの日記シリーズの

「これは起こらなかったことにしよう」を買った。辛い目にあうと「これは起こらなかったことにしよう」と書くジェイミー。かわいい女の子。

「日本がどうなろうと、この旅を楽しむよ」

という英語をだれに言ったのか。ダイムストアのドストエフスキーと呼ばれたジム。彼ときみがそばにいて感じる。発明する。なにかに神経を集中していない、からできるのだ。「日本がどうなろうと」自分の場所で炸裂する。二人とも、飲むとその心以上に体のコントロールがきかなくなる。

トモハル、きみのパソコンには表現がつまっているだろう。その言葉も届くのか。届くとしたら、だれに？

パスワードがわからないきみのお父さんは、きみのパソコンに入れない。同じ骨の音がしている夜と夜。でも、出会えない。ジェイミーの日記の問題点。他人の夜を盗み読みするのは楽しいと作者（ジム・ベントン、男性）が思い込みすぎている。

きみのお父さんは、ぼくと同い年。大学で文学をやった息子とはちがう場所にいる、下町の職人さんタイプの人。

話し方は似ていない。黙りがちで、むだなことは言わない。

でも、急に息せききったように本題に入ってくる。

「心臓が弱くてね、子どものころは大変だったけどさ」

生きた。二十七まで。まだ大人の顔になってなかった。


九月。地上。大塚から都電に乗ってきみの家に行った。

「いつかすごい小説書くんじゃないかと期待してたんです」

「小説家になるのも、そんなに簡単じゃないよな」

「文章を書く力も、個性も、ありました」

「ひらめきはあるって言われたね」

スミレちゃんの地獄。二人で考えた。論文が間に合わなかった夜。


息子を失った父親との三十分。大塚駅前に戻るとぼくは缶ビールを飲み、煙草をすった。日曜日の夕暮れのひとりでいる人、カップル、家族の動きを見た。それから山手線に乗り、新宿駅で中央線に乗りかえた。
三週間前、きみはここでどこに向かったのか。西国分寺で飲み、さらに国立でも飲んだ。うるさいやつ。流れ星、見ない。

パソコンのなかの、おそらく膨大な、きみの言葉と秘密。しゃべりだすと止まらなくなった。立ち往生するといつまでも自分のなかに閉じこもった。世界の心臓に悲鳴をあげさせて、ふと笑みを浮かべた。同僚の女性教員は、あるとき、そんなきみをにせものと決めつけた。でも、きみは発明している。ぼくはわかった。このリスボンで。

「何がわかったのですか」。いまは言える。
きみはセックスを発明した。欲求不満を発明した。暗黒を発明した。スミレちゃんの地獄。老いた世界に抗議するきみの詩を、ぼくはしまいこんでいた。蓋をして。
気楽にそれをあけて火傷したりしないように注意しながら、
暮らしていた。そうだった。五十代。大人の顔で。

ジム・トンプスン。残酷な夜。キラー・インサイド・ミー。
ジェイムズ・エルロイ。血に染まった月。ビッグ・ノーウェア。
きみが編集したアメリカの映像のなかを
一緒に歩きながら、トモハル、きみはぼくを少年にした。
病んだ父親とさびしい夕食をとりながら、町でいちばんの
美女にあこがれて破滅する。その少年も、きみが発明した。

批評家Yを訪ね、黒人たちの集まる坂道をのぼって
ニコの食堂に通い、ワインとバガッソを飲み、
コミュニストのロナウドからカーネーション革命の思い出を聞き、
夜は苦戦するソクラテス首相をテレビで見た。毎朝、隣室の
インド人夫婦に「日本、大変ですね」と言われ、太極拳をした。

コメルシオ広場の正方形。これこそ、ビッグ・ノーウェア。

旅の途中。人生の途中。ほんとうは何も考えていない。
新聞を読む。家にいるみたいにはきちんと読めない。
福島。爆発。勇敢な。放射線。危機。最悪の。
日本は大変なことになっている。ぼくはどんどんからっぽになる。
このまま逃げる。逃げよう、トモハル。もう一度、
きみを見出し、きみを捕まえ、きみを奪わなくてはならない。

真夜中の学校。きみはぼくの腕をつかみ、ぼくを見つめ、
むりやり言わせようとする。ほんとうのことを
聞き出したいという欲望で、きみの目はまっかになっている。
同時に、ぼくと同じくらい怖がってもいる。
プールサイド。スミレちゃんは、疲れきって倒れている。
死体が二つ。二匹の山羊。月明かりの下に浮かぶ生ゴミたち。

ジェイミーは、人気者のアンジェリンの秘密をあばいて
鼻をあかしたい。英文科を卒業し、トンプスンや
エルロイを知らない教師たちをばかにすることも卒業して、
きみは世界を自分の発明で塗りかえた。ためらいは禁物の、
新しい日々。だれの鼻をあかしたかったのか。スミレちゃんの
地獄を、その大いなる秘密を抱きしめて。静かに、電灯の下で。

山があり、谷があり、平原がある。すべて、きみが発明した。
木と花と草があり、熱く焼けた石がある。これもそうだ。
エスピーシェル岬。大西洋。これもきみの発明だ。
修道院の廃墟で、ショートパンツの娘たちがビールを飲んでいる。
十八世紀、リスボンを津波が襲った。歴史も、きみ。
ヒップホップが鳴っている。英語も、きみが発明した。

なにもかも。音楽と植物以外の
事実も、虚構も、すべて叩きこわすために、

仲間と別れたきみは、夜の新宿駅のホームで踊りはじめた。
最後の映像の最後のショットにとびこんでくる電車から
スミレちゃんを助けだして、その最後のダンスの相手をした。
まっかに染まった月の下。ジムたちの誘う声を聞いたのか。

仲間と別れたきみは。夜のなかの夜にきみを追い込むかれらは。
暴れるきみは。きみのなかの殺人者を見すてたかれらは。
仲間なんかじゃなかった。でも、死を共作した。
死はきみの発明じゃない。
きみはひとりではなかった。いつも、事件の直前までは。
でも、人のためになにかしたこと、あまりないよね。

トモハル。どうして、いまなのだろう。
いま。シャプータという魚を食べた。
テレビはえんえんとチェルノブイリの現在の姿を映している。
「言葉はかならず届く」ときみは言った。

「いつかだれかに届く」。どうしていまなのだろう。
粗末な小屋。ひとりで暮らす老婆。笑わない顔の皺。

大変なことになっている日本に帰って、
片付かない四月。詩の授業も、映像論の授業も、
去年考えたのと同じことからはじめる。
孤独のなかに身をおくのは大事なことだ。
でも、死なないこと。日常生活では安全第一。
そして人のために生きる。それがないとだめなんだよ。

起こったことを起こらなかったことにはできない。
時間をさかのぼって大人になるジェイミーは思う。
実験をくりかえす一九五〇年代のアメリカ。
迷子になった男の子が「骨のナイフ」を拾って帰ってくる。
ジェイミーと夫のジムがやさしく迎える。
遠くでサイレンの音がしている。

＊鈴木智治（一九八〇～二〇〇七）。「骨のナイフ」と「凶暴な閃光」は彼の作品「月に吠える」の言葉。彼のことをSとして書いたエッセイ「生きていること、それから……」（「あんど」八号、二〇〇八年一月）と一部、内容が重複しているところがある。

彼女のストライキ

どうして、この階段。自由も権利もなかった
と気づかされる湿度の国の、畑と川、校庭と線路を横切り、
汗みずくになって、使えなくなった建物の外の、
人ひとりしか通れない
階段の上。
　　最初のできごと、最初の行為のあとの
曇り空の感受性がよみがえる。これでおしまい、さようなら。

空に大きな肯定のサインを描いて飛ぶ鳥を見て
おたがいを許しあったけれど、湿った泥棒の国。
小物の泥棒たちが交替で支配する国。
彼女が見下ろす街の
　　　　　最後の日が暮れ、だれにも好かれない
いくつかのかたちが来て、やはりだれからも嫌われた
いくつかのかたちが行く。その理由。わかったら泣く。

未完成の、かたちの決まらないものが
彼女の侵入できない廊下で動きはじめる。

いい気持ち

だったら何を盗まれてもいい、なんてないよ。
女と男、はじまる世界と終わる世界の
ほとんど変わらぬ半分と半分の相互作用で
熱がとどこおる地面の灰色、くすぶっている。

目をさまして考えるときだ。いま、こうして生きているのは
だれを困らせているのか。白いスカート、赤いベルトの
踊る娘たちから離れ、
きょうは、いいこと、なにもない。
自身の速度をもたない半分であることが恥ずかしくて
音楽が止む。

摩擦によって。さ、ただではすまないよ。

彼女がたとえものすごくまちがっていたとしても、
その唇が動き、息をして肩が動くと、未来の光がさした。
解釈も、つぐないの言葉も、
秩序ある配置もいらない
少年の夏。死んだ詩人

　　　　　　　　　　という装置を操作して

気楽な声をあげているみなさん、ほんとにさようなら。

未来はとうに過ぎ去って、恋の行方も
構造で決定される一九八四年の秋。

　　　　　　　　　　うん、もうひとつ、

大阪は天下茶屋の、インディアンの仕事。ちがう構造への
ストライキ。ウェールズの炭鉱でも、皮膚と筋肉が
おかしくなったぼくの体でも。
いたるところに直観からの

実験と発見が。がんばっているのは
もうひとつの世界から出られなくなっているのは
ハッピーエンドに向かおうとしているのは
天吾と青豆さんだけじゃなかった。

三人に電話したの。
二人と話し、一人には留守電にマドンナの声色で
だれを選ぼうとわたしの自由だって。

死んだように眠る
そのおとなしい犬がぼくだとすれば、何もできない体を
土のなかに埋めて、魂だけを歩かせてほしかった。
二十世紀。つまりは、炎と灰、廃棄物のなかをとおって
帰ることができただろう。
変則の
人の音、人の匂いが恋しい彼女の

更衣室の不審な荷物、そのラベルと虫たちの上にのびる
黒い影となって。
　　　　故郷の、飼いならし学校の、蕾たちの
約束と計画への、針金と釘。
それを思い出したら、もう眠れない。
数字には、数字。システムにはシステムになって抵抗する。
どうなる？　人の内側から出て街を散歩する魂は

言葉を食べているだけよ。
　　　　　　　　　　　ニュースを
個人的な詩のように扱うこと。若いオーデンが
それについてなにか書いていた。そのオーデンを
オーウェルはからかったのだ。
だから、どうだっていうの？
わたしは怖くなんかない。事故のように仕組まれたものも、

事故じゃないように仕組まれたものも。
ビッグ・ブラザーの監視カメラさえも。小説家の、
観察ではなく古傷の告白でしかない長い長い物語も。全部、
じゃじゃ馬ならしの道具ね。

　　　　　日本の北で生まれた、言い訳の
うまい小説家が玉川上水でさっちゃんと死んだ
一九四八年、母のお腹のなかの

まだ生まれていないぼくが恐れたもの。さっちゃん、それは、
雷の鳴る夜の、血を吸う壁や底のない浴槽、あらゆる種類の
保菌者たちの沼だ、なんてのも、ない。
その沼からどんな失格が育つかを記録している機械の目だ。
望んだのは、水、草、話しかける樹たち。
空。小鳥。光。
　　それに、この世界のひみつの甘いみつ。

観察者たちの悪知恵で遅れるニュースの、
工場が生産する
二つの方向を溶かしたクリーム。
死んで生まれてくるかれらとぼくの一九八四年の
現実。岡山市の故障と修復。
　　　　　　　用心、用心、さわるのはやめて！
ぼくじゃない。クリームの味を区別できないかれらだ。

かれら、なにひとつ踏みこえない、急に元気になったかれらが
ぼくの手で彼女を殺し、ぼくの人生を生きている。
彼女とは出会わない人生。
沈黙する虫たちと生きる人生。
ブラウン管の死んだ目に見つめられ、善人も悪人も
殺しそこない、
　　　　　これはどんなノンフィクションに入るのか。

遠い未来の部屋の、正確には二十七年後の
計画。チャンス。遺言。長い長い物語を放りだして
椅子の上でまどろむのよ。

円をつくる。

ひとつの円で足りなければ、もうひとつ、残像の円の
ハッピネス。このぼくが冷静なのは
行ったことのない国の歴史、哲学、妖精物語を読んでいるからだ。

要するに、出発点に舞いもどる構造に飽きないからだ。
水になる。物になる。石にされても
裂けた先端から目覚める朝が来る。
彼女が一番美しかった夜の、一番敏感な耳を切りとって
身ぶりと表情の世界に入った。

必要のない警棒と拘束服が
いざとなったら待ちかまえている

その世界、そのクリームの質と量に彼女は抗議した。
やってくる者を誘惑し、殺し、沼に棄てた。
やってこない者、運がよかったね。
西と東。どちらの幻からも単純な息子をつくり
さわっても返事のない壺を間において、きれいな指で
いじって荒廃させた。

　　恋は、しない。とくに、きょうはだめ。

いろんな部位が大きくなっただけじゃない。よく遊び、
よく学び、敏感な機械になって、玉川上水の
人が消えた場所もさぐったよ。

　　　　その二十七年後の、これで
いーのかしら。彼女のストライキ。
井の頭公園で一日ぽかんとして
西向くその右肩には一万年前の闇がおりてきて、

きみはきみに興味をもつ動物たちにキスして消えろ
わたしはひとりで帰るからいい
　　　　　　　　　　　　　　と彼女は言った。何の
機械、何のクリーム？　さっちゃんじゃない彼女は
見抜いている。天国と地上を分ける青い色。
五十と四人の、愛人。同じ数の嘘。大震災の年、この秋の
何のためにこうなってしまうのか。それは、これから考える。

人影のない場所。新たな言語。飛行機。奴隷が欲しいのか。
自分が奴隷に戻りたいのか。野蛮な魂が芯だけになって
くやしそうに転がっている、
　　　　　　　　　　　　　労働と苦痛があるだけ
の、まじめな世界。何ダースもの死んだ目が語るもの。
未完成の、かたちにならない、
ぼくたちがついに見ることができないものが、そこで炸裂する。

まどろみながら、自分を見ない。自分以外のすべてを見る。
彼女が残した、知らない人間ばかりの思い出の使用法は？
わからない。わからないから飛べない。
ゆっくりと階段をおりながら、ぼくが見下ろす街は
ただの水曜日で、普通に暮れて、
　　　　　　　　いくつかのかたちと、かたちに
ならないもの。なにひとつ終わらない。なにひとつ死なない。

ご飯はできていない

暗い空の下
ひっそりとした世の中をわたって
ひとりの男が帰ってくる。
いつなのだろう
電灯のつかない部屋の
畳の上、列になった暗号をまたぎ
空腹を思い出した。
ご飯はできているか？
だれの動く気配もなく
テープを貼った心理の
窓に、波。
どこなのだろう
波。鞭打たれながら息づく水。
三月生まれ
曇る破片で構成される父と母を
物語の池にも

沈められないぼくの砂漠で
きみは新品の服を着て眠っている。
困ったのはトゲをつけた枝が目覚めていること。
みんな、シュクセイしたくなる。
それが口癖になった
去年の秋
きみはまだ普通らしかった。
反応のない夕方の道を歩いても
両足からぬくもりを放ち
守られていた。
紅葉とともに訪れる影たちに。
きみだけじゃなく
見抜かれた雨と寒さをかくそうと
咳きこむ政府も
陰気な杖で野に出る委員会も。
西国立、矢川、谷保

いつも三つの夢を見て
三つ目に教訓を読みとって
かろうじて崩れない影たち。
守る。弱くても事実を生む力があったから。
かれらと友だちになっても
きみは帰ってきた。
ＪＲ南武線と立川バスで
平均的な一日
ほんとは入口も出口もよくわからないが
お腹が鳴って
そんなにおかしくもないのに何度も笑ったよね。
ぼくたちに飛んできたわけじゃない
絵葉書の鳥をぼんやりと見て
ためいきもついたけど
いい秋だった。
奥多摩の、山の枯草の上で

きみの脱ぎすてたアジアが踊っていた。
服従もしない、反抗もしない
中古のニュースタイル。
澄んだ目を空に飛ばすのも
背中を見せて携帯で問い合わせをするのも
最後は電光となって逃げていくのも
秋の死者たち
を誘惑しそこなうため。
一日が
一日の姿をしていて
朝から夜までの
書く生活を箱にしまうと
ぼくは映画を見て
その映画のことをきみに話した。
たとえば
『ゴダール・ソシアリスム』。

鬼がきたと叫びながら
子どもたちが走った
いつかの秋とおなじように
付録のバッジがついて
スペインなら闘牛の血
二十世紀ならヒトラーとスターリンで
何を言えると思うのだろう
波。殺すときは
いくらでも殺して自分は傷つかない水。
映画の、船上の人々は
上陸する前から迷路をさまよい
身ぶりで問いかける。
何が、何に
欺かれているのか。
もうわかっていること。
わかっていながら罠にかかっている。

灰色の、物語から物語へ
家から家へと動きつづける影たちに守られ
一部は食いあらされ
不穏な気配と判断に困る合図を
送ってくる古い地区。
父こそ語るべきことをもち
草を食べる動物が
ガソリンスタンドにいる。
何も言うことはない。
そうであるからこその、表現。
秘密もない、遠慮もない娘たちの
二十歳のぼくを苦しめた「それ」からの迷路に
いくつもの停止点を
一気に接続するような閃光が走り
まだやれるよ、とぼくはきみに言った。
それから何が起きたのか?

ファインプレー、下降、横歩き
ぼくの影は湖のある別世界に行って
収穫なしで帰ってくる。
バスと電車で。
きみの眠る
二十一世紀の、この部屋に。
あらたにはじまった夢と幻滅
もう同じことだという気がする
心臓をかくした靴、靴をかくした穴底。
きみを思うぼくを
説明する必要はもうないから
流れる水の上をノスリが飛ぶ
何十年もつきあってきた多摩川の
事実だけをわたって
美しい夜明けを盗む。
ヨシトモ

リン
チカコ
アキ
二〇一一年、ぼくのまわりでも四人の赤ちゃんが生まれ
理由を入りくませて砕ける石の上に
光のしずくがこぼれた。
だれの見ている夢なのか
お揃いのドレスを着て
未来についての質問に答える
若いお母さんたちの窓の下を
音をたてずに通ってきた影と話しながら
明るくなってきた街を歩く。
心配するな
とは言えないけれど
正直に打ち明けている生き方
としてのアジア

小さな映画と小さな社会主義
次々にあらわれては消える出口をマークしながら。
どこまできたのか
つめたい空気のなかの
警告からはじまった人生。
小さなヒトラーと小さなスターリンを誘拐して
処置に困りながら
靴をはきまちがえる
そのきのうが
終わっていない
暗闇の
かたすみの
不首尾に終わった仕事をかかえて
頭をたれる
見知らぬ人に
光の暗号を送った。

ご飯はできているか。
男が家に帰って言うのではない。
若い二十世紀のどこかの
いや、もっと幼い夜の
蜂起の合図。
ご飯はできているか。
ご飯はできていない。
きみはずっと忙しくて、きみとその
風邪をこじらせた同盟はずっと怒っている。
でも、だからではなく
我慢する影は入れないことにして
楽しみたい迷路の症候だ。
ご飯はできていない。
眠りから覚めたきみは言う。
どうしよう、二階に死体があるの。
わかった、ゴミはぼくがまとめて出しておくよ。

そのあと、日記を書く。
きのうまでの箱はこわして。
熱のさがったきみの見る夢のなかでは
生まれ変わった二十歳のぼくが
素手ではりきっている。
ヨシトモ兄さん、みんなをさがしに行こう。

みずうみ

みずうみ 1

なつかしい鉄道の、なつかしい駅から
なつかしいみずうみにむかって
歩きだしてしまった
霧のなか。
進む。進まない。
同時にやろうとしているから
踊れない。枯枝と枯葉と苔に親しみ、音から
透きとおる冬の生きものになるはずの
この体でつくる
灰色の自転車に乗っているのは
きみだとしても、きみのいちばん硬い部分だ。
それでも、困らないのか。

人の世。
心をこすりつけてきた悪童たちが消えて
粗雑に、寒い迷路をたのしむしかない
スケジュールがこなされている。
それとはなんの関係もなさそうに
濃密な水をたたえている
みずうみ。濁ることを
おそれるだれを犠牲にして
どんな波と速度が
ぼくときみのあいだに立ち上がるのか。

溺れる者の傲慢さも
謙虚さも理解しない村が
リアーナやレディー・ガガを聴いている。
待ってほしい。
幼い指に握られたぼくのハンドルは

まだ炎を感じていない。
みずうみ、その底にある心臓の打つ音が
たくさんの人の思いのとおった
水の上を逃げていく。
ストーヴのないきみの部屋に
ぼくを食べてしまった岸辺の寒さが忍びよる。

みずうみ 2

この部屋、真ん中がどこかわからない。
明日、失明するかもしれない。
横になってしまう事実を、はやく。
生まれるために。
父親なんか必要としない島なのだ。
武田さん、次の獲物は。
この音楽。
岸辺の地形はそんなに複雑じゃないかもしれない。
展開型で、生きている。
商品化とは方向のちがう補強をした。
水すれすれに。
「かわいさ」「セックスアピール」
あけたりしめたりしている。

ほとんどノーメイクで。
水の光。
妖精たち。
みんな、きみなのだ。
このバケツに何を入れたのか。
肯定できるもの。
小さな体の牛たち。
いつもの老人。
しっかりと意見を言う。
植物性の泥。
魔女に。
内容なんかなくてもいい。
前提、管を用いずに盗むこと。
水底はまだ見えない。
「人より優れているってなんてすてきなことだろう」
とD・H・ロレンスは書いている。

ばかやろう。
敬意を放射状に示しているのに。
「あの日」からここまで。
長い枝のような、溺死者の腕。
生きていてほんとうに楽しいことってなんだろう。
ダンス、配分、魔法のスプーン。
近づいてくる林。
やっと人になった。

みずうみ　3

スロヴェニアのプトゥイという町の
川べりの白い砂の道を
二人の「デリケートな魂をもつパンク」と歩いた。
デリケートな魂。
その町でも上映されたぼくの映画で
北川透さんの言った「弱い心」を
外国人にわかるようにそう訳したのだ。

「文学でいちばん大切なことは?」
と質問した岡山の娘に
北川さんはこう語っていた。
「弱い心、なんにでも傷つきやすい心
これがぼくに回復するっていうか

維持できれば、若い人とおなじ土俵に立てるかな」
ロレンスは小説家である前に
どうだ、生き抜いたぞ、という詩人であるが
「弱い心」が足りなかった気がする。

パティ・スミス、パンク時代の
あまり上品じゃなかった彼女の
デリケートな言葉もいくつか思い出した。
ぼくは、彼女より三つ下。
「未来とファックしてきた」と言いはる
そのころの彼女に似ている日本人の娘の
たとえば「体にぴったりの
黄色いニットのワンピース姿」を処刑しそこなって
やってこなかった言葉、いまは来て行ってしまう。

それが過ぎ去った三十年、四十年という時間だ。

その時間を飲みたい
ぼくのみずうみは
両親のふるさと、出雲の宍道湖と
一時期よく遊びに行った奥多摩湖から
空と水、そして濃度を
ヒップホップの用語でいえばサンプリングしている。

いま、世界中のいたるところで鳴っている
リアーナとレディー・ガガ
二人をフィーチャリングして朗読する夢を
スロヴェニアで見た。
はしゃいだ夏。
湿度のない暑さのなかの、詩とワインの日々。
飲んで、しゃべって、天使に忘れものを見つけてもらった。
それほど前のものではないのに
大昔のように思える

工場の労働者たちの写真も見た。

スロヴェニアもいまは寒いだろう。

みずうみ　4

息をしている。夢を見ながら、異議申し立てをしている。
「わたしのすばらしいキャットウォークを
どう処刑したのか」
なんにちも何も食べていない
パティ・スミスになって
いまがいつだと思っているのか。
針を刺しても、まだ春にならない。
その、眠るきみを

同類として
抱きしめるつめたい霧のなかを
ふたたび歩いて、歩いて、消えきっていない黒い工場の
歯車になるのだ。歯車、でも家族や友人と

粒立つ時間を撫であった人々の
すこやかに枯れる夢のなかで遊ぶ天使を思いながら
生きかえってわるい理由があるだろうか？

ぼくたちのほかにも
いくつか無邪気な暴走と
その後遺症の
ふるさとを隠していた霧のカーテンが剝がれ
工場の、嫌われる翼をもった「ディランの犬」も飛びたって
みずうみ、その肌、その密度が
何に興奮するのか。
そんなことはわかっている。
知りたいのは
何を考えているかでもない。
歯車、どんな不良品になろうとしているかだ。

きょうもぼくは転落して

1　転落

回想の
ちぎれ雲を追うバスの人々に
屋上から帽子をふる天才の
アメリカを
どの階の前提と交換したのか。
きょうもぼくは転落して
犬の
耳を切る自信がない。
犬の名前はリッキー
リッキーはあくびしていた。

はっきり言うと
才能がない。意志も弱い。

三十五年ぶりに行ったニューヨーク
古いホテルの浴室の
漏れつづける水の音で
眠れない
頭のなかに起こる事件を
解決する女探偵ジェーンの
昏のやわらかさばかり思い出して。
勉強も足りないのである。

2 小さな村

スイート
ジェーン
人間ではない
音がきみのかわいい犬を殺している。
ラドロー街五十六番地
半世紀前にふさがれた口が
なにか言いはじめた。
人間の使わない形式の
大きなスプーンの音をおそれながら
ぼくは食べる。水が赤くなる。

全部、わたしがやったことです。
このもうひとりのジェーンは

日本人である。
泥棒である。
スカートに化石を隠している。
どうやって戻ったのか
テレビの取材を受ける小さな村の丸太地区
おばさんたちの集まる家に
おみやげは肌を再生するカウガール・クリーム。
あねごさま、どうぞわしらを子分にしてください。

3　七階

十一月十二日。ニューヨークはもう雪。
バスの乗り方がわからない
貧しき人々が到着する
客室が一七〇〇もあるホテル・ペンシルヴァニア
絨毯のすりへった七階の廊下に
出現する過去の人々
関係ないことを話そう。
彼女の産みの親
ルーが死んだ。
耳を病んだ小さな村が骨を隠している。

不安な犬が聴く
音で

川をきれいにする彼女のシリーズは打ち切られた。
底辺の人間を愛するその口に
スプーンで歌を運ぶ
どうしてそれがこんなに難しいのか。
「切になつかし」
ジェーン
せめて唇にどう触れるかだ。
骨から動く。

あと少しだけ

1　足でつぶせるもの

遠い
支部の靴。
濡らすのも
脱ぐのも
むりに色を沈ませて
この吐息は何も要約しない。
まだ生きているというだけだ。

自分を殺せない明るい文字のなかに
負傷している社会。
いままで気づかなかった建物の
青白い頬に回収される
缶とペットボトルが

なにか言っている。

古びた蓋を拾いながら
いつまでも生まれないものを思い
死なない定型に泣かれ
シャツを汚している秋だ。

繁殖する輪をきらう
爪先の秘密と
きみたちのほかに
足でつぶせるものあるか。

2 誘惑

おなじ地獄
おなじ川で。
あたたかいミルクティーはうれしい。
しゃべらない頭のなかでパンクロックが鳴る。
汚れを拭きとれない
金属とプラスティックの言語で
飛行機が考えている。

きみたちが掘りおこしていたずらする
概念だけの死体の上に
墜落したい果物たち
ひとつずつ黒い心臓にとりかえたからって
どうなるというのだ。

人間の手がつくっていない
有刺鉄線と
暗がりについて
語りたがる作者たちよ。

あと少しだけ
生きること
ののしられ
投げ込まれ
何人もの
ペコちゃんと漂うこと
それでも黙って流れている川に
だれの意図も裏切って発生することへの

腋の下と乳房もかくさずに
破れる帆の

誘惑。二十世紀の失敗を教訓にすることもなく
それをとびこえる
迷わない靴
行ってしまうだけだろう。

3　できること

理由が欲しいのなら
いくらでもくれてやる。
たとえば
彫られた人魚たちが壁にいる三〇一号室
二時間の休憩だけで八八〇〇円もする。

花になりたがる
故障した部分を修理して
すわることのできるものを
数えようとして
数えきれなかった。
無料の水を味わい
すべりやすいところを避けて

立ってもらって
ひとまずお別れだ。
あげるよ
エルダーフラワーを入れて巻いたこのタバコ。

なんのかわりでもない。
ただのおいしいタバコと
消える火だ。

人の心に
そこに咲こうとしている花に
突きあたりすぎないこと
天井なら
目ではなく
沈黙で見つめること
この国を嘆いて

去っていった瞳の無事を祈ることもできる。

4　これでいい

南と北
それぞれ
問題未解決のままの幸福をたのしむ方法がある。
コザの十字路から逃げるように歩きながら
美しい人はそう言った。

美しいが
ほとんど血の色のない
踊るような動作の人。
ぼくだけが食べた
あかね食堂のソーキそば
ごちそうさま。

では
体全体で大きなスプーンになって
曲がっていく人は
変身して
だれかの
たとえばぼくの人生を生きたあと
どんな地面に横になるのか。

それを言う。
観察ではなく
告白として。
これでいい
どちらの貧しさも出口の役割を果たすだろう。

5　ひとり足りない

そしてなにもかもが急にあらわれる。
わざとゴツゴツ
野蛮な
線が歩いて
奴隷が欲しいのか
自分が奴隷になりたいのか
礼儀を忘れない
スプーンに
いまもなおそれを問う地面だ。

この下には腐った根しかない。
いらないと言ってしまおう。
手術

誤操作
解決しなくていい
しぶきと壁と
さびしい名前たち。

アリサ
ドナ
ミユウ
アサミ
カオリ
ナミ
やっぱりすごい。
息をしている自分の体を
どの支部の要求にも
よじれない機械につくりなおしている。

強風にもつよい
義と法則を使って
架空の本部からの
スプーンを
何度でも頂点の口にのぼらせる
機械の手
でも
ひとり足りない。

6　お金をください

いろんなやり方でつくられる
主人と奴隷
奴隷と犬
すべての窪地が
みたされたわけではないが
火と水と音楽はあちこちに進むのだ。

動くたびに出ていきそうになり
すぐにまたいちばん奥まで入りこんでいく。
これだ
南と北
だれのなかでも。

さわっても返事のない壺はどうするのか。
割らなくていい。
少なくとも
キノコ工場のキノコたち
何ダースもの切りとられた耳が
ぼくの言葉を聞いていた。
靴と新月の
独房の
記憶。透きとおるのではなく
たのしんで皮膚は温度を感じている。

お金をください。
本能の扉
と言ってしまうけど
それを封じた迷路に
明るい文字が飲まれている書類なんかじゃなく。

7 そうではあるが

いまはまどろみながら
音だけで漂う飛行機
その黒い歌が
紙の時代の最後のペコちゃんを溺れさせる。
こうして人の
入眠幻覚を踏んでいるのが
この靴はたのしいのだ。

二〇一四年
この国の窪地の
線路を歩き
灰色の空と遠くの山並みを見た。
放心の

風の吹き込む廊下
人の内側から出るふりをして
この音楽は
何も守らない。

灯りのついた霧の街を
泣きながら去っていく人の前に
音で自分を見えるようにしている天使たちも
死ぬ寸前の
耳が聴く
音の斜面で交錯する南と北も。

そうではあるが
銀色の天井の下
まだとぎれているわけじゃない
シャッターをあける手につく色が変化して

無音のもうひとりを遅刻させる
運命線
大正区
飛べない
痛い
うつる
と言っているのに
冬の光がこの靴をきれいに見せている。

未来	書き下ろし　二〇一五年一月
トモハル	現代詩手帖　二〇一一年八月号
彼女のストライキ	現代詩手帖　二〇一一年十一月号
ご飯はできていない	現代詩手帖　二〇一二年一月号
みずうみ	現代詩手帖　二〇一三年一月号
きょうもぼくは転落して	現代詩手帖　二〇一四年一月号
あと少しだけ	現代詩手帖　二〇一五年一月号

あと少《すこ》しだけ

著者
福間《ふくま》健二《けんじ》

発行者
小田久郎

発行所
株式会社 思潮社
〒一六二―〇八四二　東京都新宿区市谷砂土原町三―十五
電話〇三（三二六七）八一五三（営業）・八一四一（編集）
ＦＡＸ〇三（三二六七）八一四二

印刷所
創栄図書印刷株式会社

製本所
誠製本株式会社

発行日
二〇一五年六月一日